AF184989

ER IST EIN OMEGA.

DAS WAR MIR SOFORT KLAR, ALS SICH UNSERE BLICKE ZUM ERSTEN MAL TRAFEN.

EIN INTENSIVER, SÜSSLICHER GERUCH UMGAB IHN, DER EINEN NICHT MEHR LOSLIESS.

JETZT IST ER NICHT MEHR SO AUFDRINGLICH, SONDERN VERHALTENER.

Untouchable

Inhalt

#6 001
#7 035
#8 067
#9 101
FINALE 133

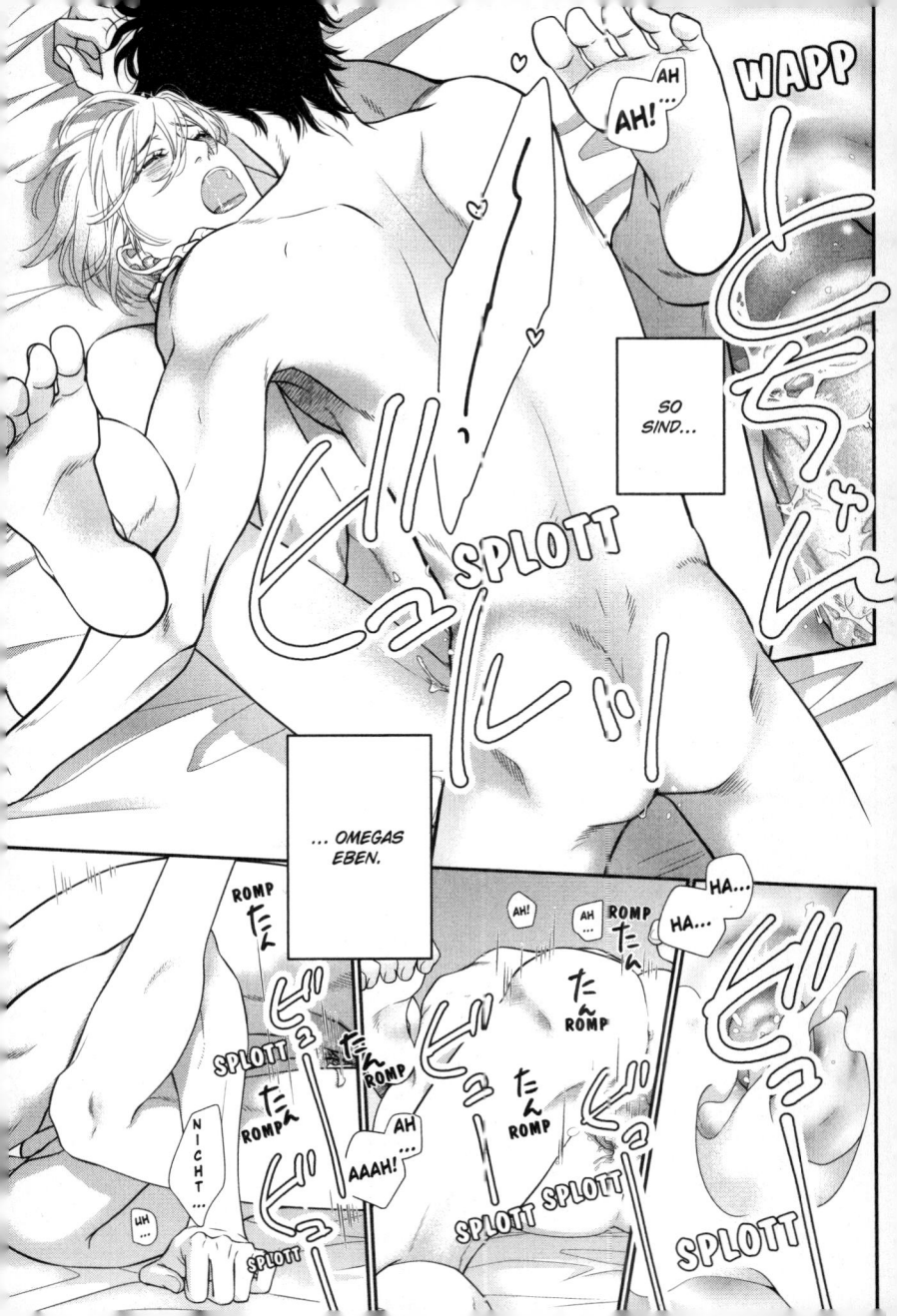

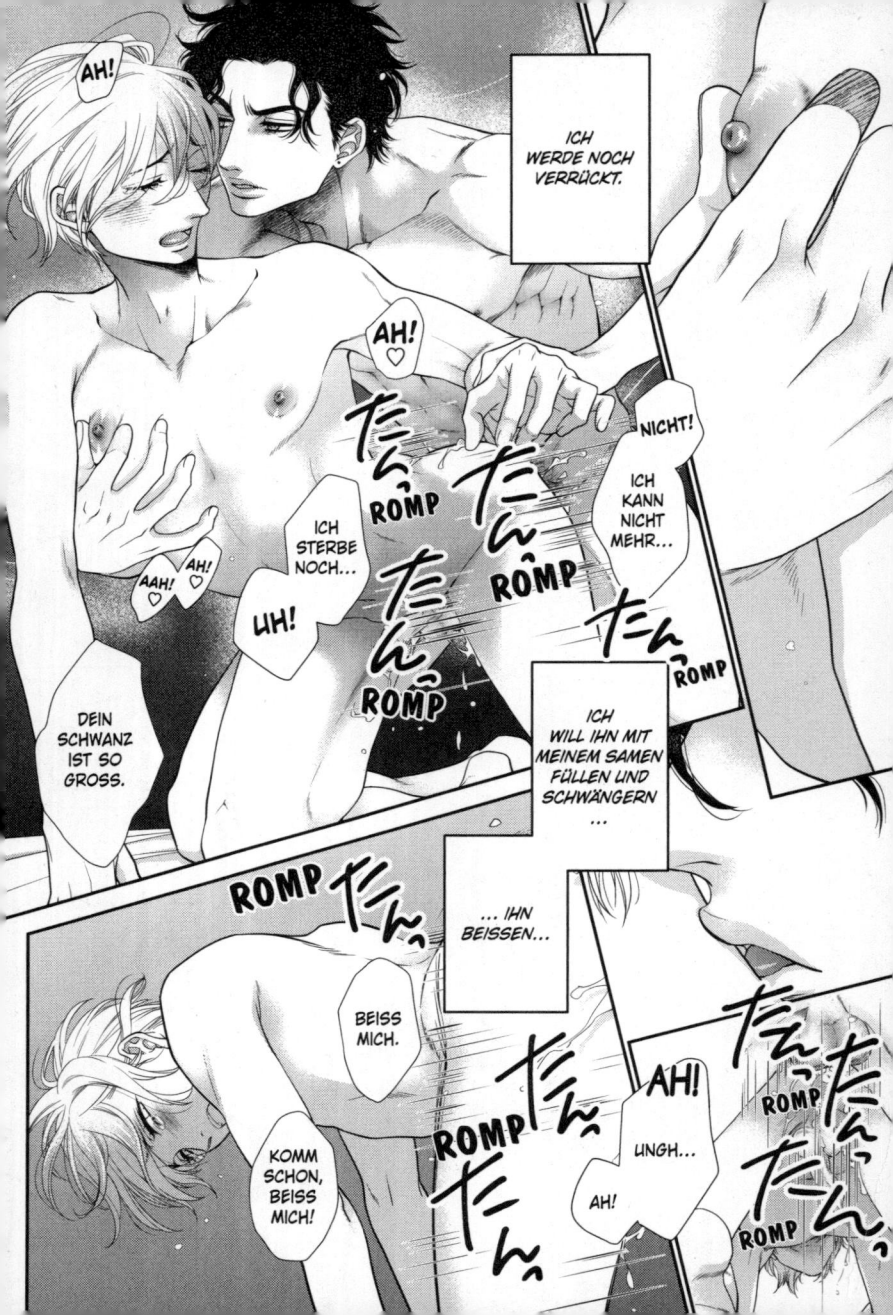

VIELLEICHT BIN ICH JA DERJENIGE...

GUT.

... DER VERSCHLUNGEN WIRD...

ÄH... DER WIEVIELTE IST HEUTE?

DRUCKS

DER 27. ES IST DER DRITTE TAG.

ICH HABE DEINEM CHEF BESCHEID GEGEBEN.

WAS, SCHON DREI TAGE?!

SPLISCH

...

DRUCKS

OH ...

DANKE.

ÄH...

DENKE SCHON.

IST DEINE BRUNST ...

... JETZT EINIGERMASSEN ABGEKLUNGEN?

WEISST DU...

GLAUBST DU AN SCHICKSALSPARTNER?

WAS ...?

SIE WAR EINE OMEGA UND DIE PARTNERIN MEINES VATERS.

... GAB ES EINE FRAU, DIE IN EINEM SEPARATEN HAUS IN EINER ECKE UNSERES GARTENS LEBTE.

ALS ICH EIN KLEINER JUNGE WAR...

IN MEINER FAMILIE WAR ES ÜBLICH, SICH ANDERE PARTNER ZU HALTEN.

DIE OMEGA MEINES VATERS WAR EINE ERSTAUNLICHE FRAU.

WENN SIE NICHT BRÜNSTIG WAR, VERSUCHTE SIE IMMER WIEDER, MICH ZU VERFÜHREN.

WÄHREND DER BRUNST ZOGEN SIE UND MEIN VATER SICH IMMER IN IHR HAUS ZURÜCK.

ICH MUSSTE OFT MIT ANSEHEN, WIE MEIN VATER MIT IHR SEX HATTE, OBWOHL ICH NICHT SCHARF DARAUF WAR.

DOCH SIE LIESS STETS DIE TÜR EINEN SPALT OFFEN.

SO EINE OMEGA WAR SIE.

DOCH EINES TAGES SAGTE SIE...

ICH HABE KEINE AHNUNG, WAS SEELENVER-WAND-SCHAFT SEIN SOLL.

DAHER...

... SEHE ICH KEINEN SINN IN DER PAARBINDUNG.

ICH WILL MICH VON SO WAS NICHT IN DIE IRRE LEITEN LASSEN.

WUSCHEL

JETZT...

... BLEIEST DU ERET MAL DA, 3IS DEINE BRLNST VORBEI IST.

ZUCK

JA.

DANKE.

ICH HATTE IHM DOCH GESAGT, ER SOLL BIS ZUM ENDE DER BRUNST HIERBLEIBEN.

HAH

TAPP

WAS FÜR EIN IDIOT...

Untouchable

Untouchable

NUR WEIL
RENJAKU SO
NETT IST...

... HAT ER MIR
IN DER BRUNST
BEIGESTANDEN.

DAS IST
MIR KLAR.
TROTZDEM...

ZUCK

び
く
ん

だ
っ
TAPP

ザ
ー
・
・
・
PSCHAA

ALSO ECHT, DAS WAREN JA UNMENGEN, SO WAS GIBT'S DOCH ÜBERHAUPT NICHT...

UNFASSBAR, WIE VIEL VON SEINEM SAMEN RAUSGEKOMMEN IST.

ぱ
さ
RASCHEL

ICH SCHNAPPE MIR NUR NOCH DEINE UNTERHOSEN, DANN BIN ICH WEG.

DEINE PANTOFFELN BORGE ICH MIR AUCH AUS.

ICH LEIH MIR DEINEN MANTEL.

DU KRIEGST IHN WIEDER, WENN ER IN DER REINIGUNG WAR.

RENJAKU SAGTE...

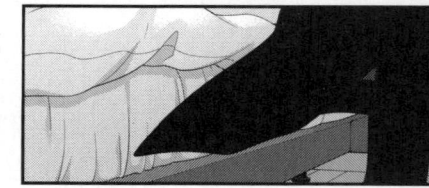

... ER SIEHT KEINEN SINN...

ER HAT MIT MIR GESCHLAFEN, WEIL IHN MEINE BRUNST DAZU VERLOCKT HAT.

ABER...

... EIN NÄCHSTES MAL WIRD ES WOHL NICHT GEBEN.

... IN DER PAARBINDUNG.

FLATSCH

AUUU!

PANTOFFELN, MIT DENEN ER DRAUSSEN RUMGELAUFEN IST

SST

AH,
VERSTEHE.

ES WAR
NUR EIN
TRAUM.

ACH, DU BIST WACH.
MÖCH-TEST DU...
... KAFFEE?
GERN.
ず…っ
SSP
MMH.
ECHT LECKER...
... DER KAFFEE.

ABER...

DANN...

HÄ? ÄH...

NEIN, ALLES OKAY.

DEIN HALS...

TUT ES WEH?

... WAR ES DOCH KEIN TRAUM!

ZEIG HER.

WIE KANN DAS SEIN?!

ER HAT DOCH GESAGT...

Untouchable

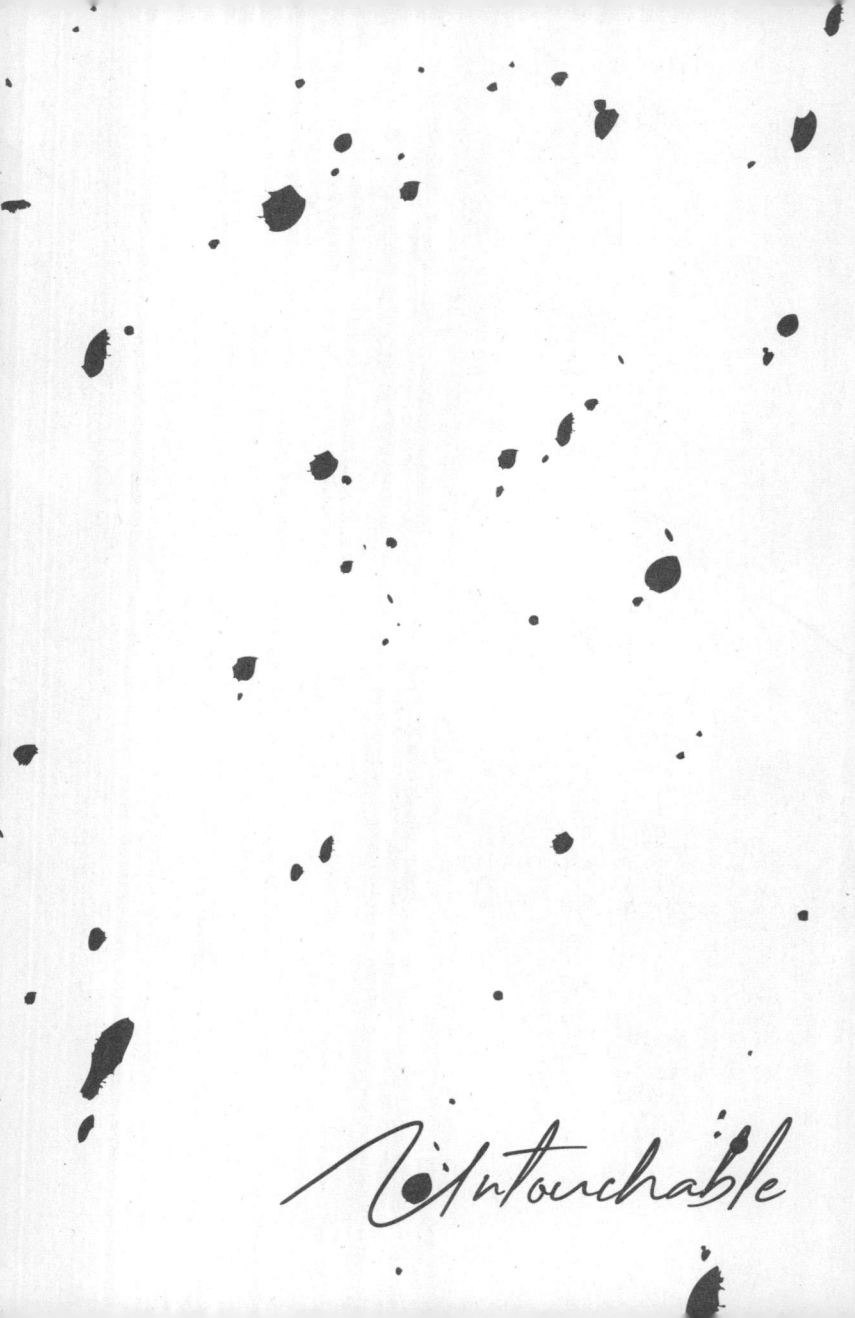

Untouchable

#8

DAS WOLLTEST DU DOCH, ODER?

KRIEE

69

RENJAKU!

...
ÄH...

ALSO
...

ÄHM...

ICH HASSE AOBA NICHT.

ICH MÖCHTE MICH NUR MIT KEINEM ANDEREN ALS RENJAKU PAAREN.

EINE VORÜBERGEHENDE PARTNERSCHAFT.

KEINE DAUERHAFTE MARKIERUNG.

AUTSCH!

POLTER

ZERR

WAS TREIBST DU DA?

ÄH, NICHTS.

ICH WOLLTE NUR DAS BETTZEUG WASCHEN...

ZUPP

SCHWUPP

STOLPER

UWAH!

HEY...

WAS SOLL DAS?

DREIMAL DIE WOCHE KOMMT JEMAND ZUM PUTZEN UND WÄSCHEMA-CHEN.

DARUM BRAUCHST DU DICH NICHT ZU KÜMMERN.

DOMP

ABER...

AUCH UM DEINE WOHNUNG NICHT.

HANA!

... NA!

ABER KRIEGE ICH...

TRAUM

OH, VERZEIHUNG. WAS DARF ES SEIN?

OH!

ENTSCHULDIGUNG!

GENAU, HANA. WIR WARTEN DARAUF, DASS DU UNSEREN KAFFEE MACHST.

WIR HABEN SCHON BEZAHLT UND WARTEN AUF UNSERE BESTELLUNG.

... NICHT MAL EINEN KLEINEN KUSS?

ICH WERDE MEIN BESTES GEBEN.

DAS IST UNSER LETZTER BESUCH HIER IN DIESEM JAHR.

DA MUSST DU DEN KAFFEE BESONDERS LECKER MACHEN!

JA, DANKE. ALLES BESTENS.

DU HAST EIN PAAR TAGE GEFEHLT. EINE ERKÄLTUNG, HIESS ES.

GEHT'S DIR WIEDER GUT?

BEI MISETAN WIRD IMMER WAS GEBOTEN.

ABER, SAG MAL...

WIE SCHÖN.

DAS WÜRDE ICH MIR AUCH GERN ANSEHEN.

GUTEN RUTSCH!

BIS DANN!

INU

ICH DACHTE, DA LÄUFT WAS ZWISCHEN DIR UND RENJAKU?

DU KLANGST SO NEIDISCH.

KEINE SORGE, ICH HABE ES NICHT WEITERGESAGT.

WARUM BITTEST DU IHN NICHT, IHM BEI DER ARBEIT ZUSCHAUEN ZU DÜRFEN?

SCHLIESSLICH BIST DU SEIN PARTNER.

W-WIE KOMMEN SIE DARAUF?!

NA JA, ES WAR RENJAKU, DER TELEFONISCH BESCHEID GEGEBEN HAT, DASS DU WEGEN DER BRUNST EIN PAAR TAGE FEHLEN WÜRDEST.

HANA

ACH?

ÄH, NEIN.

WIR SIND KEIN PAAR.

AHA HA HA HA

AHA.

VERSTEHE ...

...

...

WAS, SO WAS GIBT'S AUCH?

ICH HABE DANN EIN BISSCHEN RECHERCHIERT. ES SCHEINT BIS ZUR NÄCHSTEN BRUNST WIRKSAM ZU SEIN...

NA JA...

ES IST...

ACH, INTERES- SANT.

ES IST NICHT WIRKLICH EIN OFFIZIELLES SYSTEM.

ICH WUSSTE AUCH NICHTS DAVON.

ABER SO GESEHEN...

...SOZUSAGEN EINE KURZ- ZEITIGE PAAR- BINDUNG...

YOSHI

RENJAKU...

... DARF NICHTS DAVON MITKRIEGEN.

RENJAKU...

WILLKOMMEN DAHEIM.

むに
ZWICK
に
むに
ZWICK
に
む
に

NICHT EINSCHLAFEN!

HEY!

HNH...

WAS SOLL DAS MIT DEN BLUMEN?

HANA.

HNGH...

むに
ZWICK

ICH
TUE ES,
GERADE WEIL
DU NICHT
BRÜNSTIG
BIST.

Untouchable

Untouchable

ICH TUE
ES, GERADE
WEIL DU NICHT
BRÜNSTIG
BIST.

RE...
RENJAKU!
STOMP
WAS SOLL DAS WERDEN?!
STOMP
WIR WERDEN JETZT SEX HABEN. IM BETT.
STOMP
STRAMPEL
じた
WARTE!
STOMP
ばた
STRAMPEL
HA...
HALT!
STOMP
ICH SAG DOCH...
ICH BIN NICHT BRÜNSTIG!

DOMP

DU HAST MICH ANGE-MACHT.

ALSO MÖCHTEST DU ES DOCH.

DAS SPIELT KEINE ROLLE.

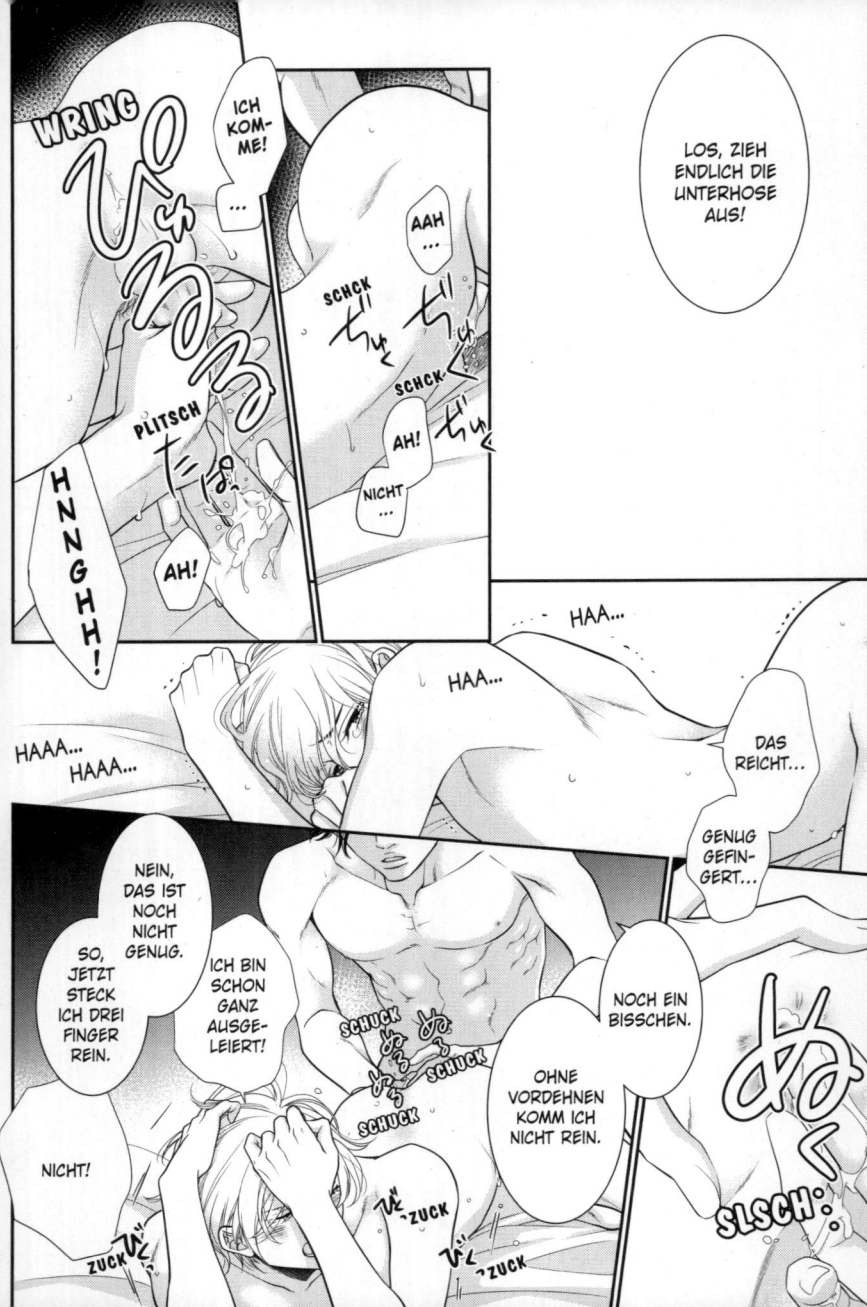

PLATT

ICH HAB DOCH GESAGT, WÄHREND DER BRUNST IST ES BESSER...

PATT

ALSO ICH FAND'S ZIEMLICH GEIL.

FINDEST DU?

STARR

WENN ES UM SEX GEHT...

DU BIST ZIEMLICH ERNSTHAFT.

D...

WIE GEMEIN...

ER HAT LAUT GELACHT, ALS ICH DAS GESAGT HAB.

PUUH, JETZT IST DIESES JAHR AUCH ENDLICH VORBEI

ÜBER NEUJAHR HABEN WIR JA ZU, STIMMT'S?

JA! FREIZEIT!

STARNYAKS COFFEE

STARNYAKS COFFEE

DONK

HA...

... NA...

SOLL ICH
DIR KAFFEE
NACHSCHENKEN?

HÄ?

WIE?

WER...

... GLAUBT ...

... WAS?

BLEIB
DA.

OH...

DIE
BLUMEN.

カ
チャ
KLACK

MAN SCHENKT DOCH BLUMEN...

... WENN MAN JEMANDEM EINEN ANTRAG MACHT, ODER?

Untouchable

Untouchable

FINALE

Untouchable

HAH...

WIE BITTE?!

MEIN HINTERN IST EBEN NOCH ANFÄNGER...

HINTERN?! ANFÄNGER!?

GESTERN ABEND HAT ER MIT MEINEM HINTERN GESPIELT.

WIR MACHEN ZWAR AB UND ZU RUM...

... ABER RICHTIG SEX HABEN WIR IM MOMENT NICHT...

DER DURCHSCHNITTLICHE BRUNSTZYKLUS BETRÄGT ZWEI BIS DREI MONATE. DAS IST GANZ SCHÖN LANG!

MEINST DU NICHT EHER, DU KOMMST IN DIE BRUNST?

DU SCHWITZT UNHEIMLICH.

DU GIBST EINEN LEICHT SÜSSLICHEN GERUCH VON DIR.

IST DIR NICHT GUT, YUKISHITA?

WAS? NEIN, NEIN.

VIELLEICHT IST DIE HEIZUNG EIN BISSCHEN HOCH EINGESTELLT...

WAS?!

HANA

HANA

... DU DÜFTEST NACH ROSEN.

ENDE

SIEHST DU? DAS WAR DOCH RICHTIG SCHÖN.

WIRST DU SEX SO AUCH LIEBEN KÖNNEN?

HAA...

HAA...

HAA...

... UND BRINGT MICH GENAUSO DURCHEINANDER.

FÜR MEINEN BAUCH.

ES IST EIN BISSCHEN LEICHTER, WEIL DU NICHT SO LANGE UND SO VIEL ABSPRITZT.

HAA...

VIELLEICHT...

...

ICH HAB NUR DAS GEFÜHL...

... DAS HÄTTE ICH LIEBER NICHT SAGEN SOLLEN...

HEISST DAS, ICH HABE DICH NICHT GENUG MIT MEINEM SPERMA AUSGEFÜLLT?!

!!

WAS?

ENDE

Was ist das Omegaverse?

Das Omegaverse ist ein hybrides AU („alternatives Universum"), das zuerst auf westlichen Fanfiction-Seiten beliebt wurde. Es verbindet verschiedene Szenarien, wie zum Beispiel eine Rangordnung wie in Wolfsrudeln oder die Möglichkeit männlicher Schwangerschaft. Da es kein „offizielles Szenario" gibt, interpretieren und gestalten die Autoren ihre jeweiligen Settings unterschiedlich.

Drei wichtige Schlüsselbegriffe zum Verständnis des Omegaverse

(Achtung: Das sind nur sehr allgemeine Erklärungen. Nicht alle der folgenden Erläuterungen treffen auf alle Werke zu.)

1 In dieser Welt gibt es insgesamt sechs Geschlechter: Alphas, Betas und Omegas, jeweils als Mann oder Frau.

α Alphas

Alphas sind menschliche Prachtexemplare, die blendend aussehen, hervorragende Fähigkeiten besitzen und aus guten Familien stammen. Sie bilden eine charismatische, führungsstarke Elite, weshalb sie oft in gesellschaftlich hohen Positionen dargestellt werden. Ihr Anteil an der Gesamtbevölkerung ist sehr gering.

β Betas

Betas besitzen weder die hervorragenden Eigenschaften der Alphas noch die körperlichen Besonderheiten der Omegas, sondern sind ganz gewöhnliche Durchschnittsmenschen. Sie stellen den größten Teil der Bevölkerung dar.

Ω Omegas

Auch männliche Omegas können schwanger werden und Kinder zur Welt bringen. Omegas kommen regelmäßig in die Brunst, also die Paarungszeit. Da es gelegentlich vorkommt, dass sie in dieser Zeit das normale Alltagsleben behindern, gibt es oft Regelungen, die ihren Alltag oder ihr Berufsleben einschränken. Omegas sind selten, es gibt noch weniger von ihnen als von den Alphas.

2 ### Brunst (engl. „Heat")

Omegas werden regelmäßig brünstig. In der Paarungszeit sondert ihr Körper starke Pheromone ab, die Alphas (und manchmal auch Betas) betören können. In der Welt des Omegaverse wurden Medikamente zur Kontrolle und Erleichterung der Brunst entwickelt, z. B. Brunsthemmer und Verhütungsmittel.

3 ### Paarbindung

Die Paarbindung ist eine besondere Beziehung, die einen Alpha mit einem Omega verbindet. Sobald eine Paarbindung etabliert ist, verändern sich die Pheromone des Omegas so, dass sie nur noch den Partner anlocken und nicht mehr wahllos andere Menschen in Erregung versetzen. Ein Alpha, der sich mit einem Omega gepaart hat, kann sich später auch mit einem anderen Omega paaren, während es heißt, ein Omega könne sein Leben lang nur mit einem einzigen Partner eine Paarbindung eingehen.

Schicksalspartner (Seelenverwandter) Der einzig wahre Partner für einen Alpha bzw. Omega, durch dessen Seele man sich angezogen fühlt. Laut Überlieferung soll schon die kleinste Berührung reichen, um seinen Seelenverwandten augenblicklich zu erkennen.

Details

Geschlechtsprüfung
Die Prüfung zur Geschlechtsunterscheidung in Alpha, Beta, Omega wird normalerweise in der Schule oder einer medizinischen Einrichtung durchgeführt.

Nestbau der Omegas
Ein den Omegas eigenes Verhalten, bei dem sie in der Brunst unbewusst Kleidungsstücke und andere Dinge mit dem Geruch des Partners sammeln, um daraus eine Art Nest zu bauen.

Brunsthemmer
Ein Medikament, das die Symptome der Brunst unterdrückt. Es wird wie die Pille zur Behandlung der regelmäßigen Brunst eingenommen. Viele Omegas tragen das Mittel aber auch bei sich, um eine ungeplante Brunst zu unterdrücken.

Brunft (engl. „Rut")
Durch die Pheromone eines Omegas hervorgerufene Paarungsbereitschaft eines Alphas. Dabei wird der Alpha von einem starken Sexualtrieb befallen und begehrt einen Omega.

EGMONT

www.egmont-manga.de
facebook.com/EgmontManga
instagram.com/EgmontManga
twitter.com/EgmontManga

Waku Okuda
ANTI ALPHA

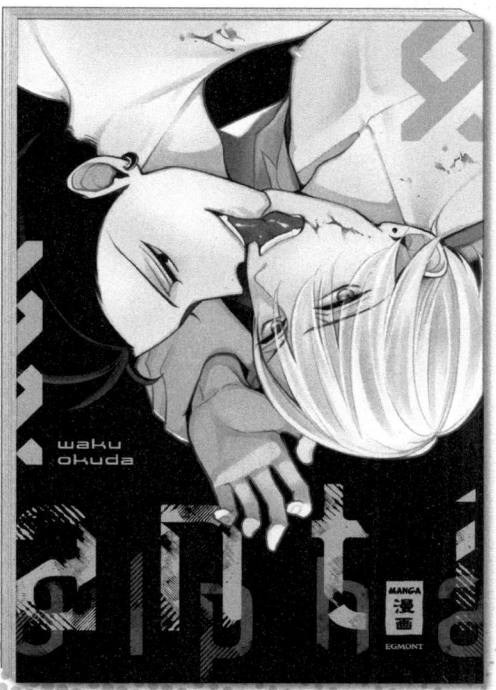

Sena und Kamishiro sind Rivalen an einer Schule für höhere Alphas. Jeder will der Beste sein. Eines Tages erwischt Kamishiro Sena beim Sex. Als er dessen intensive Pheromone wahrnimmt, steigert sich seine Lust gegen seinen Willen ins Unermessliche...

Empfohlen ab 18!

Anti Alpha
Band 1 ISBN 978-3-7704-2681-2
€ 7,50 [D], € 7,80 [A]

EGMONT

www.egmont-manga.de

f facebook.com/EgmontManga

instagram.com/EgmontManga

twitter.com/EgmontManga

Reibun Ike

HEISSE NÄCHTE, KALTER STAHL

Schutzgelderpressung, Auf-
tragsmorde, Drogenschmug-
gel: Alles kein Problem für
den selbstbewussten Yakuza
Kabu. Nun soll er seinen Vater
an der Spitze der Umezaki
Familie beerben und die
Führung übernehmen. Doch
Kabu fühlt sich wohl in seiner
bisherigen Position und mit
Nirasawa an seiner Seite, der
ihm seit Jahren treuergeben
ist – bis dieser plötzlich ins
Visier der Verhandlungen um
die Erbfolge gerät...

Heiße Nächte, kalter Stahl
Band 1 ISBN 978-3-7704-2724-6
€ 7,50 [D]

EGMONT

www.egmont-manga.de
facebook.com/EgmontManga
instagram.com/EgmontManga
twitter.com/EgmontManga

Boys Love

Hitsuji Sakura
PASSION DRAWING

HITSUJI
SAKURA

Passion Drawing

MANGA
漫画
EGMONT

Daiki ist Zeichner und hat eine Vorliebe für Männerkörper. Als sich der athletische Yusuke bereit erklärt, für ihn zu posieren, ist er kaum zu bremsen. Und der intime Moment, in dem Daiki Yusukes fast nackten Körper mit Blicken und Händen studiert hat, bleibt beiden in Erinnerung. Warum war diese Situation nur so aufregend?

Passion Drawing
Einzelband ISBN 978-3-7704-2655-3
€ 7,50 [D]

MANGA
漫画

EGMONT

EGMONT

www.egmont-manga.de

 facebook.com/EgmontManga

 instagram.com/EgmontManga

 twitter.com/EgmontManga

Boys Love

Muno
BOYS AFTER DARK

Nach einigen missglückten Beziehungen mit Frauen beschleicht Akashi das Gefühl, dass er vielleicht doch auf Männer steht. Als er zufällig erfährt, dass sein gutaussehender Kommilitone Yagi angeblich schwul sei, spricht er ihn aus Neugier direkt an. Was er nicht erwartet hat: Yagi begrüßt ihn mit einem innigen Kuss! Ist das eine angenehme Verwechslung oder kommt Akashi tatsächlich so gut beim gleichen Geschlecht an?

Boys after Dark
Einzelband ISBN 978-3-7704-2715-4
€ 7,50 [D]

MANGA
漫画

EGMONT

EGMONT

www.egmont-manga.de
facebook.com/EgmontManga
instagram.com/EgmontManga
twitter.com/EgmontManga

Shizuku Namie | Touko Sunahara | Minagi Asaoka
DAILY KANON

Shizuku Namie
Touko Sunahara
Minagi Asaoka

Sumikazu stammt von einer wohlhabenden Adelsfamilie ab und muss sich keine Gedanken ums Geld machen. Als er beschließt, endlich auszuziehen, soll Kanon, die Haushaltshilfe, mit ihm kommen.

Doch Sumikazus Gefühle für Kanon gehen tiefer. Wie wird Kanon wohl darauf reagieren, wenn er von den Gefühlen seines Herrn erfährt? Oder empfindet er sogar ähnlich?

Daily Kanon
Einzelband ISBN 978-3-7704-2696-6
€ 7,50 [D]

MANGA
漫画

EGMONT

EGMONT

www.egmont-manga.de
facebook.com/EgmontManga
instagram.com/EgmontManga
twitter.com/EgmontManga

Miso Umeda
DIE STADT IN DEINEN FARBEN

Der Musterschüler Yoshiyuki und der offene Chiba sind schon seit ihrer Kindheit befreundet. Allerdings empfindet Yoshiyuki mehr für seinen beliebten Klassenkamerad, hat aber nicht vor, ihm seine Gefühle zu offenbaren. Erst als feststeht, dass sich ihre Wege nach dem Highschool-Abschluss trennen, gerät er ins Zweifeln…

Die Stadt in deinen Farben
Einzelband ISBN 978-3-7704-2853-3
€ 7,50 [D]

www.egmont-manga.de

MANGA
漫画
EGMONT

EGMONT

www.egmont-manga.de
facebook.com/EgmontManga
instagram.com/EgmontManga
twitter.com/EgmontManga

Saku Hiro
NOE67

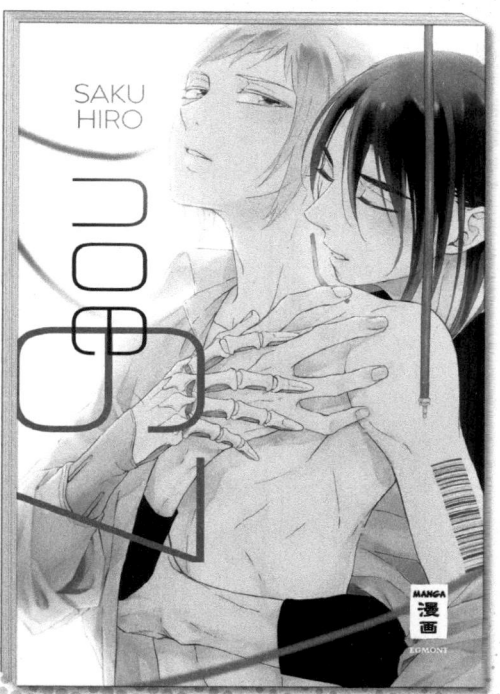

SAKU
HIRO

MANGA
漫画
EDMONT

Als der Mechaniker Saga im Schrott nach brauchbaren Teilen sucht, findet er einen bildschönen Androiden. Er ist fest entschlossen, ihn zu behalten und zum Laufen zu bringen – doch das hat Folgen. Denn schnell stellt sich heraus, dass der Android nicht nur ein Modell längst vergangener Tage ist… Er ist auch darauf programmiert, besondere Bedürfnisse zu befriedigen.

Eine wundervolle Geschichte über die romantische Beziehung zwischen einem Mechaniker und einem Androiden.

noe67
Einzelband ISBN 978-3-7704-2854-0
€ 7,50 [D]

MANGA
漫画

EGMONT

„Untouchable 02" von Aya Sakyo
Aus dem Japanischen von Christine Steinle
Originaltitel: „Takane no Hana wa Chirasaretai" Vol. 2

Originalausgabe:
TAKANE NO HANA WA CHIRASARETAI Vol. 2
© 2020 Aya Sakyo
All rights reserved.
First published in Japan in 2020 by
SHINSHOKAN CO., Ltd. Tokyo
German version published by
EGMONT Verlagsgesellschaften mbH under
license from SHINSHOKAN CO., Ltd.

Deutschsprachige Ausgabe erschienen bei
© Egmont Manga verlegt durch
Egmont Verlagsgesellschaften mbH,
Alte Jakobstraße 83, 10179 Berlin

2. Auflage 2021
Verantwortliche Redakteurin: Luisa Steinhäuser
Textbearbeitung: Katrin Aust
Korrektorat Ulrike Marotz
Gestaltung: Anke Koopmann
Koordination: Angelika Schörhuber
Printed in EU
ISBN 978-3-7704-2844-1

www.egmont-manga.de
Unsere Bücher findest du im Buch- und Fachhandel und auf

EGMONT
📖 **Shop**

www.egmont-shop.de

Die Egmont Verlagsgesellschaften gehören als Teil der Egmont-Gruppe zur
Egmont Foundation – einer gemeinnützigen Stiftung, deren Ziel es ist, die sozialen,
kulturellen und gesundheitlichen Lebensumstände von Kindern und Jugendlichen zu
verbessern. Weitere ausführliche Informationen zur Egmont Foundation unter
www.egmont.com

SUTOPPU!

Koko wa kono manga no owari dayo.
Hantaigawa kara yomihajimete ne!
Dewa omatase shimashita!
Tanoshii hitotoki wo dozo!

Egmont-Manga-Chiimu

STOPP!

Das ist der Schluss des Mangas.
Fangt bitte am anderen Ende an!
Und nun genug der Vorrede,
viel Spaß beim Lesen!

Euer Egmont-Manga-Team